ぼくのなまえ

作 三次 智暉
MITSUGI Tomoki

絵 さわたきしずく
SAWATAKI Shizuku

文芸社

ぼくのなまえは「けんた」。
ぼくのことを周《まわ》りの人《ひと》はいろんな呼《よ》び方《かた》をしているよ。

「けんちゃん、起《お》きなさい。」

お母《かあ》さんがぼくを優《やさ》しく起《お》こすとき、

「けんた」じゃないけど、ぼくらしい。

なぜだろう。

「こら、けんた!」

お母《かあ》さんがぼくを叱《しか》るとき、

「けんちゃん」じゃないけど、ぼくらしい。

なぜだろう。

「けんた、サッカーしようぜ。」

いつも一緒《いっしょ》に遊《あそ》んでいるアキラが、帰《かえ》り道《みち》に声《かえ》をかけてきた。

なんだか、ウキウキする。

なぜだろう。

「けんたくん、野球《やきゅう》しよ〜。」

昨日《きのう》一緒《いっしょ》に笑《わら》いあったカズキが、お昼休《ひるやす》みに声《こえ》をかけてきた。

なんだか、もどかしい。

なぜだろう。

「ケン、虫取《むしと》りしようぜー。」

ムードメーカーで元気《げんき》あふれるハヤトが、

すれ違《ちが》ったときに声《こえ》をかけてきた。

なんだか、とてもほっこりする。

なぜだろう。

「けんた、釣《つ》りに行《い》こうぜ。」

去年《きょねん》同《おな》じクラスだったリョウくんが、

本《ほん》を読《よ》んでいるときに声《こえ》をかけてきた。

なんだか、はずかしい。

なぜだろう。

「けんたくん、トンネルつくろー。」

気《き》が合《あ》いそうだとずっと思《おも》っていたタツヤくんが、

公園《こうえん》で遊《あそ》んでいるときに声《こえ》をかけてきた。

なんだか、ワクワクする。

なぜだろう。

「ケン、あそぼうぜ。」

顔《かお》は知《し》っているけれど

名前《なまえ》は知《し》らない男《おとこ》の子《こ》が、

スーパーでおつかいをしているときに

声《こえ》をかけてきた。

なんだか、イヤな思《おも》いがする。

なぜだろう。

ぼくの名《な》前《まえ》は「けんた」。

ぼくのことを周《まわ》りの人《ひと》はいろんな呼《よ》び方《かた》をしているよ。

「けんた」

「けんたくん」

「けんちゃん」

「ケン」

「おまえ」

「きみ」

「あなた」

おまえ
ケン！
けんたくん
きみ
けんちゃん
あなた
けんた

仲《なか》が良《よ》いと思《おも》っている人《ひと》に「けんた」って呼《よ》んでもらえると、
なんだかウキウキする。

仲《なか》良《よ》くなりたいと思《おも》っている人《ひと》に「ケン」って呼《よ》んでもらえると、
なんだかほっこりする。

知《し》り合《あ》ったばかりの人《ひと》に「けんたくん」って呼《よ》んでもらえると、
なんだかワクワクする。

Kン!
けんた!
けんたくん

でもね、
仲《なか》が良《よ》いと思《おも》っている人《ひと》に「けんたくん」って
そっけない呼《よ》ばれ方《かた》をすると、なんだかもどかしいんだ。

どれだけ仲《なか》の良《よ》い人《ひと》でも静《しず》かな場所《ばしょ》で「けんた」って
大《おお》きい声《こえ》で呼《よ》ばれると、なんだかはずかしいんだ。

初《はじ》めて知《し》り合《あ》った人《ひと》にいきなり「ケン」って
呼《よ》ばれると、なんだかイヤなんだ。

けんた!
けんたくん!
ケン!!

ぼくの名前《なまえ》をどう呼《よ》ぶか。

それはあなたの勝手《かって》な思《おも》い込《こ》みだけで決《き》められるものではないと思《おも》う。

けんた
けんたくん
けんちゃん
ケン
おまえ
きみ
あなた

ねぇ、目《め》の前《まえ》のぼくをよく見《み》てほしい。
ぼくは笑《わら》っているのかな。
ぼくは怒《おこ》っているのかな。
ぼくは泣《な》いているのかな。

ねえ、きみはぼくを見《み》てどうしたい。
きみはなぐさめたいのかな。
きみは仲《なか》良《よ》くしたいのかな。
きみは笑《わら》わせたいのかな。

あなたの前《まえ》に立《た》つぼくは、きみにとってどう見《み》える？
きみのことを、ぼくはどう思《おも》っているのかな？
きっと答《こた》えが見《み》えてくる。

親《しん》友《ゆう》
友《ゆう》人《じん》
知《し》り合《あ》い
他《た》人《にん》
兄弟《きょうだい》
好《す》きな人《ひと》
親《おや》子《こ》
けんた
けんたくん
けんちゃん
ケン
おまえ
きみ
あなた

著者プロフィール

三次 智暉（みつぎ ともき）／作

1990年兵庫県生まれ。
関西学院大学卒業。
神戸市中学校国語科教諭。

さわたき しずく／絵

1964年東京都生まれ。
人や動物のイラストをコミカルで表情豊かに表現することが得意。
見る方が親しみやすく心がほっこりすることを願い、イラストを描いている。

イラスト協力会社／株式会社 i and d company：岡安俊哉

ぼくのなまえ

2024年5月15日　初版第1刷発行

作　三次 智暉
絵　さわたき しずく
発行者　瓜谷 綱延
発行所　株式会社文芸社
〒160-0022　東京都新宿区新宿1－10－1
電話　03-5369-3060（代表）
03-5369-2299（販売）

印刷所　株式会社暁印刷

ISBN978-4-286-24859-2